Mademoiselle NANCY

Jane O'Connor

Illustrations de Robin Preiss Glasser

Texte français d'Hélène Pilotto

Éditions SCHOLASTIC

À Margaret Frith,
une copine extraordinaire
(un mot chic et français
pour dire « super »)
— J. O'C.

À Jessie, qui a elle-même
porté des faux diamants
à la prématernelle
— R. P. G.

Voici ma chambre
avant que j'y ajoute une
touche de fantaisie.

Catalogage avant publication de Bibliothèque et Archives Canada

O'Connor, Jane
Mademoiselle Nancy / Jane O'Connor;
Illustrations de Robin Preiss Glasser; texte français d'Hélène Pilotto.

Traduction de : Fancy Nancy.
Niveau d'intérêt selon l'âge : Pour enfants de 3 à 8 ans.

ISBN 978-0-545-99599-3

I. Pilotto, Hélène II. Preiss-Glasser, Robin III. Titre.
PZ23.O26Mad 2008   j813'.54   C2007-906287-3

Édition publiée par les Éditions Scholastic,
604, rue King Ouest, Toronto (Ontario) M5V 1E1,
avec la permission de HarperCollins.

5 4 3 2 1   Imprimé à Singapour   08 09 10 11 12

Guirlandes de Noël

Boîte de magie

Pèrles

J'adore tout ce qui est chic.

Ma couleur préférée est le fuchsia. C'est
une façon chic de dire « rose ».

J'aime écrire mon nom avec une plume. C'est une
façon chic de dire « stylo ».

J'adore l'accent des Français. On dirait que tout
sonne chic quand ils parlent.

Personne n'est chic dans ma famille. Personne n'ajoute de garnitures sur sa crème glacée.

Il y a plein de choses que mes parents ne comprennent pas...

Par exemple, que je joue mieux au soccer quand je porte des chaussettes à froufrous...

... et que les sandwiches sont bien meilleurs quand on les orne de cure-dents de fantaisie.

Une princesse doit toujours garder sa couronne sur la tête.

« Être ou ne pas être chic? »
Telle est la question que je pose à ma poupée Marabelle. Son vrai nom est Marabelle Lavinia Chandelier.

Je viens d'avoir une idée lumineuse. C'est une façon chic de dire « super ».

fromage
lait
œufs
mousse fuchsia
pour cheveux

Être chic
en une leçon
avec Nancy

Dès maintenant!
Facile et gratuit!

Je pourrais enseigner l'art d'être chic à ma famille.
Je prépare une annonce et je la colle sur le frigo.

Ça y est : on frappe à ma porte! Ma famille a vu l'annonce. Tout le monde veut commencer tout de suite.

Le problème, c'est que personne dans ma famille
n'a de vêtements chics.

C'est réglé! Je cours chercher des... Quel est ce mot chic, encore? Ah, oui! Des colifichets.

Oh là là! Comme ils sont élégants! C'est un mot chic pour dire... « chic »!

Boules de Noël

Ma mère se pavane devant le miroir.

« Si nous sortions dans un endroit chic, ce soir? » lance-t-elle.

« Allons souper à La Couronne du roi », déclare papa.
Génial! Mes parents se comportent déjà comme des
gens chics.

« Puis-je vous escorter jusqu'à la voiture, charmantes dames? La limousine vous attend. »

Mon père est notre chauffeur. C'est une façon chic de dire « conducteur ».

Tout le monde nous regarde quand nous arrivons à La Couronne du roi.

Les gens doivent penser que nous sommes des vedettes de cinéma.

Je suis très fière de ma famille.
Tous mangent avec le petit doigt
en l'air et s'appellent « très cher ».

Très chère!

« Commandons des glaces pour le dessert »,
annonce ma mère avec un accent pointu.

Incroyable! Ma mère a l'accent français!

En allant chercher nos coupes de glace, je fais
une révérence et je dis : « Mille mercis. »

Je porte le plateau comme un serveur de restaurant chic.

Ooooh! Je trébuche. Je glisse...

Le plateau fait une
double pirouette!

Je ne me sens plus chic du tout.

Je veux rentrer à la maison.

Quand je suis bien propre, j'enfile mon peignoir.
C'est une façon chic de dire « robe de chambre ».
Je me sens beaucoup mieux. Je suis prête
à prendre mon dessert.

Je dis à mes parents : « Merci d'avoir été chics ce soir. »

« Je t'aime », dit papa.
« Je t'aime », dit maman.

Je leur réponds simplement : « Je vous aime. »
Parce qu'il n'y a pas de façon plus chic de dire ça.